百

持有

蔡宛璇

百

教育

蔡欣諺

生的^的

Poèmes et dessins

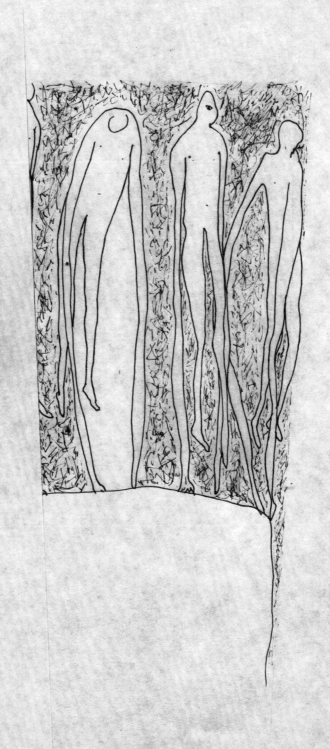

目錄

間接閱讀 [1] 日常協奏 [3] 匿名的下午 [6] 睡及其他細節 [7] 測量 [8] 漁類 [9] 為陰雨間奏 [10] 秋季第五日 [11] 陽臺 [12] 夢見清醒 [18] 在對岸暗看秋天 [19] 夜的間距 [20] 風景 [21] 給即將開放的花 [22] 我 [27] 刪節號 [28] 在場證明 [29] 巫 [30] 時間之眾象 [31] 黃昏的祈禱室 [32] 對某週四午後的臆想 [33] 花園裡的早上，春天過了一半 [34] 光觀 [35] 小城 [36] 世紀初 [41] 星辰 [42] 故事之前 [43] 故事的樣子 [44] 霞光 [45] 不動如物 [47] 別 [48] 因雨造成的沉默有間歇性的奇異 [49] 外交術 [55] 隱身旅行 [56] 虛心書寫 [57] 一種黯淡的光 [58] 背過身 [59] 櫻桃優格 [60] Rue Raymond Poincaré 上空漫遊 [61] 黎明夢裡的小孩 [62] 向東十里 [63] 夢裡夜鶯哭了，為了它心愛的王 [64] 夜翅 [70] 給予 [72] 現出 [74] 為生存的其他焦慮而感到一個侷促不安的世界 [75] 極 慢地 跑 [76] 旋轉目馬 [77] CHE 2000 [78] 介於密談與自白 [79] 夏天裡線條和它的影子 [80] 【31.12. 鹿特丹】[81] 陌生的持有 [82] 凹陷的地方 [88] 愛的史前時期 [92] NANOOK [93] 墨藍 Bleu Ancré [95] 潛行者 [96] 傳說中的海__向 Beuys 獨白 [97] 時，光 [98] 它者的視網膜 [107] 電話響起，木樓漸漸蝕蛀 [109] 蟮魂 [110] 列車上的信徒 [112] 暗及 [113] 閱讀 [114] 南方 [117] 止水 [119] 車窗 [120] 多年後，那黃淡漠如漬 [121] 行動主義 [122] 黯氳 [125] 這些都不是鄉愁 [126] 通身 [127] 地中海涯 Bordure de Méditerranée [129] 後記 [131]

間接閱讀

遠處有一些聲響傳來
或者可能是頂樓有人
正在
開門
慢慢
轉著鑰匙

剛才離開的朋友告訴我說有本
偵探小說叫做
中國柑橘的祕密，出版社叫
狗的神諭

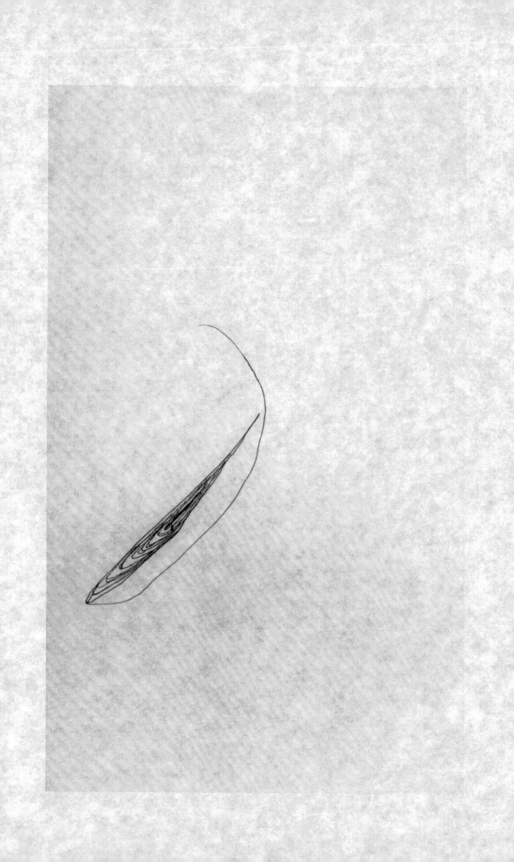

日常協奏

協奏 之 -,　　　　f

室 / 海螺。

手機座充
生活常識教學帶
一整個上午
光，
皮屑
木紋
此種種

作為一埋伏，低鳴和布景。

街 / 墓園。
鳴聲器。
車的魅影
隊形

浮腫的臉和小腿
和
一些邊線。一些片斷。
一些
長期擴放的雜音

協奏　之 -,--,---　　留下一牆的恨
停車場內無邪的響聲
是該轉彎開走

滿車疲憊

是你或是
流血不知情的路人令
風景暈眩

協奏 之 -,--,　　　天色暗，話語飄散
　　　　　　　　　路燈飛向遠方。

　　　　　　　　　＿＿＿＿＿＿＿＿＿＿＿＿＿＿

　　　　　　　　　今天在放學途中遇見一個大大的破折號
　　　　　　　　　它＿＿＿＿＿

　　　　　　　　　它說它正在吸吮我卻不知如何跟我說破。
　　　　　　　　　我請它指出我的傷口然而
　　　　　　　　　「你會很失望的」它說
　　　　　　　　　「你會很，相對地，130°角的，不知
　　　　　　　　　如何是好的，暗暗想把自己從反面擦掉然後
　　　　　　　　　讓世界從夾角中逃走。　」

　　　　　　　　　「被擦掉而逃走。」
　　　　　　　　　那清爽的概念深深迷惑我我犯了一個概念上的

　　　　　　　　　錯。
　　　　　　　　　它不想糾正我
　　　　　　　　　它＿＿＿＿＿
　　　　　　　　　被犯錯這件事迷惑
　　　　　　　　　被犯錯這件事引誘

　　　　　　　　　被犯錯這概念淋濕

　　　　　　　　　它開始奔跑，嘔吐，狂喜
　　　　　　　　　像一臺夏天的刨冰機

　　　　　　　　　而嘔吐是美的嘔吐適合一種厭倦後霉味的
　　　　　　　　　間歇節奏
　　　　　　　　　和暈眩無關但和雨後停車場的濕度
　　　　　　　　　深刻勾結

4

協奏 　　　　　她感到她的舊毛衣正在衣櫥裡濕透
　　　　　　　她聽見冬日海邊旅館木抽屜內
　　　　　　　過期發票的喘息
　　　　　　　她嗅到牆上發霉的日曆
　　　　　　　長滿愛情

　　　　　　　快讓天空傾斜快快將這灰色的黃昏
　　　　　　　一舉戳破

04 . 2001

匿名的下午

桌子下方的眼瞼
木櫃後的指節
箱蓋下隔夜的夢魘
抽屜深處潮濕土泥

另一些在沉香色的簾浪間
另一些處於各類交接的裂隙
另一些順著葉片的彎曲藏匿

睡及其他細節

與光共生的最初　只要
一個手勢

昏厥過的溫度　抵消
一次抬頭

用光年說一句話和浪費
速度和顏色和夢想

和時間裡故意的磨損曲折

和力量的各式咬痕

然後
然後，以物體的狀態自我消解

但那是沒有規則的曆算與綑綁
在睡眠中
我們成為其陷溺的細節
配合它的粗粒子傾向
奉獻自己
配合它低沉的吶喊
溶開身體

在那之中抵抗
是顯性的
唯有抵抗使我們
得以逃脫

而逃脫令人悲傷

測量

測量此夜的深度
落葉捲著嬰兒
勻緩的呼吸

貓在計算時間
貓在搖晃它的毛色
在貓眼石色的石板路

深夜遛狗的男人和女人

漁類

一邊藏匿一邊留下線索
像一個空掉的紙杯
透過痕跡憑弔它的氣味
像插頭暴露在空氣中
因此我們的神經索引插座

以及那些會轉動會發熱的
所有下游出海口

他極想舔掉地平線
在日落以前
調整遠方發暈的防波堤
他濕潤他的嘴唇他為
白日的孩子說一個故事。用掌心
吻時間

他用粗糙的手法補了一些
斷裂的
線。床邊掉滿筆心。在枕頭下
他放了一顆深海魚的眼睛
用來

錄下每一次自己
翻身的聲音

為陰雨間奏

我想滲進木心裡
時間離開前留下的嚙痕
我想埋入墓誌銘
親愛的令人倦膩的話語

我想因樹影的搖動而泛白像最小額的錢幣落地

但消失是無所謂儀式的都是禮貌和教養的問題

我不會彈琴手指卻動個不停
不能徹底安靜然而
也吐不出完整的句意

但懷疑也無所謂過敏體質只消
把灰塵輕輕
擺上計時器

秋季第五日

你真美，真曲折。
你真美。

話語是可以重疊的
原來謊言也可以

而人就再也不能完整
只是一再不停斷裂
開來。且用不同的速度和密度裂開

但如同嘴裡的口香糖　久了
說不出味道的淡

用洗乾淨的紙巾擦頭髮
　　　用鑷子把灰塵
夾斷＜吃飯＞彈舌＜甩床單
指腹
沿著光
光沿著窗　窗
延著廊蔭　廊蔭　延著
苔　青苔　青　炎　著　指　針
低低　把夏天
燒　盡

陽臺

天空大啟大合
聲響隨太陽昇

貼壁磚工人的歡愉
精準而無意的碰接

屋簷沉金
忽又凝露

一個身影的孤獨
自暗的屋內探出

他晾好他的背心，慢慢地
把身子安在椅上，把陽光

擠到肩膀

他不動
以假寐

獵尋過往

此時開往鄉間的單軌火車鳴起
他面前陽臺的欄杆和樹梢齊高

微風中嗅到一種夏天裡永恆的搖晃
他和椅子因加倍燦亮而使陰影變藍

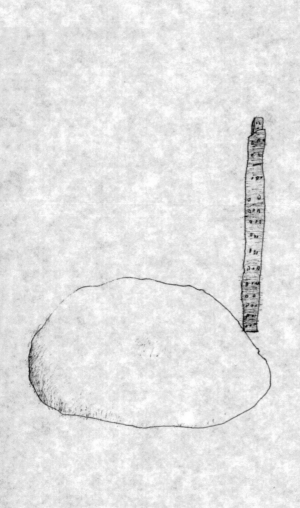

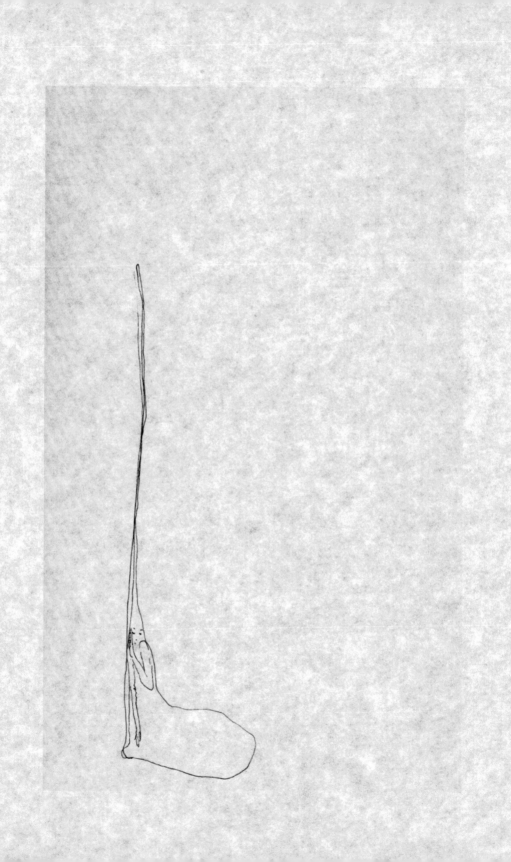

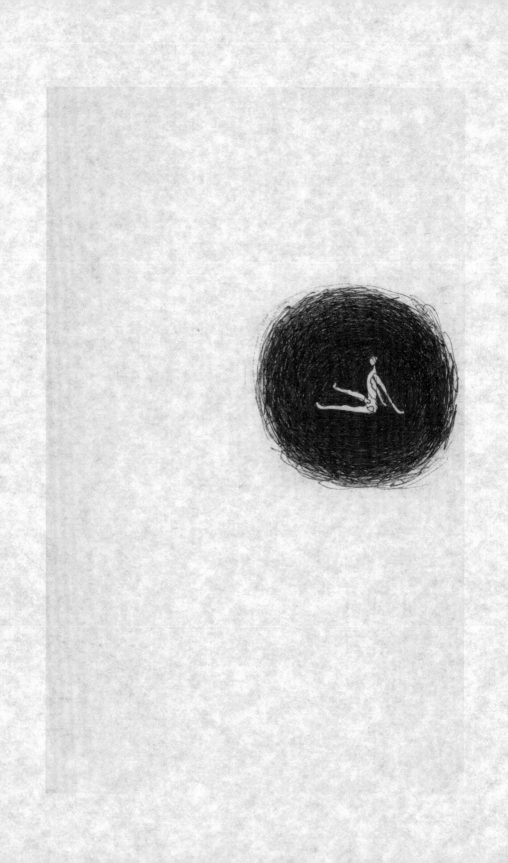

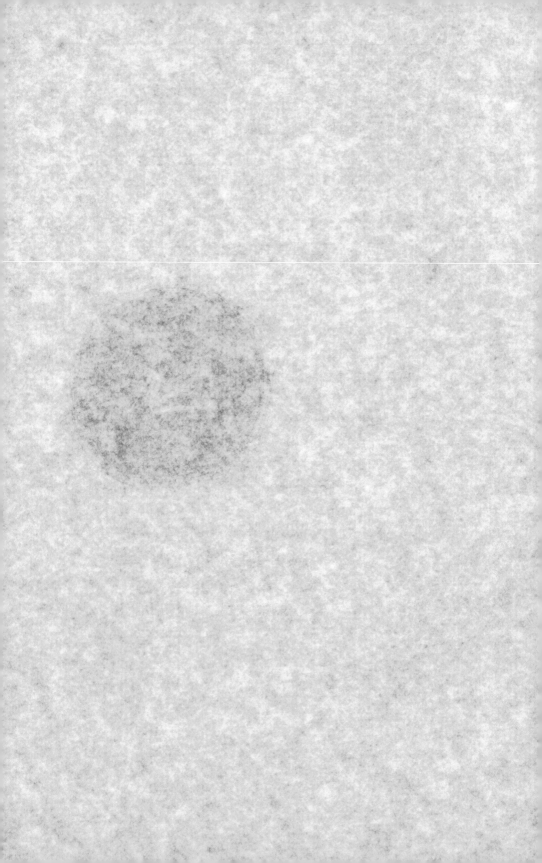

夢見清醒

空巢

環坐點數餘光
陌生的語言交錯起落

在眾聲擦撞的隙縫中
作一個夢

夢
掉
下

來
沿
透明陰暗的光絲滑落

在閉著的眼皮上
在
手背，它輕輕移走。在腳心，
它
微微刺痛

它接替我的閱讀
以逆時針的姿勢
它深入自身的觸鬚
—————————————————

在一頭被啟蒙的爬蟲內裡
沒有甚麼值得被銘記

時間果真淡如水
濃烈如腐傷

天空線那樣長
測不出的遠方
依然明亮

只是我們仍持守前進時的夜盲
不肯指出彼此
虛妄的臉龐

在對岸暗看秋天

如何在你眼底探見那種
荒蕪
身上流亂倫的血
披異國草香

雪溶開　血
融開
苦痛綻裂的花

越河。
計算一根松針的溫度
知道

是秋天
我走了。街心我等過的人
還未來。

是虛執顯影的世界，街
流，人散，雲湧
風過
日光退

低聲叫一回，又一回
該悄悄滑過遺忘的谷
再相應也將如千年前的某個松雨夜
那樣倉促

夜的間距

面牆吐釋摺紋

唇齒啟動
日光盡消
血出，
箱藏

明天，
艱難的說。

遙寄一瞥
多年前針床上的欲望
蒸散，於困行者的夢鄉

書寫折斷指節
太過亮的夜
帶腥屑的痕

風暗青　截過耳穴
眾人流失 1 / 3 的臉

匀過肉的雨
水面的皮

站牌因過度守望而傾斜
風景，再也踏不出

就以這樣激烈的姿勢消失
在旅途
只剩眼睛隨脫翼的國境
沿街叫賣
午夜
你抖落一些睏倦的
味覺
你說，給我一根
亡靈的弦。

然後替過身
給我一頭
因輕輕撥彈而醒的獸

（再替過身）
沉默
覆滿沼澤。
胸口一艘
如此低的飛行器

浮起。
每當晝夜交目而過
你會站在窗口
你的指腹微潤
（在光裡）
游隔出 / 我的讀

「沒有關係」
（安靜）
「走，然後……」

（安靜）
「看，還有許多人會留下
（安靜）
2 / 3 的嘆息」

風景

樹身汨出白雪
葉梢爆燃
灰燼盈滿暗花

掌心落著雨
該要如何打好傘

長夜裡的暴食約定用一生
反芻

這一些完成的故事
這一些天涯的初頁

醒不來的早晨像初潮的
夏夜

把手擰乾
打一隻曠日廢影的傘

別開
木心仍有餘溫

別開

給即將開放的花

著意的深淺縱橫
在崩裂前，請珍視
這微顫溫潤的軟殼

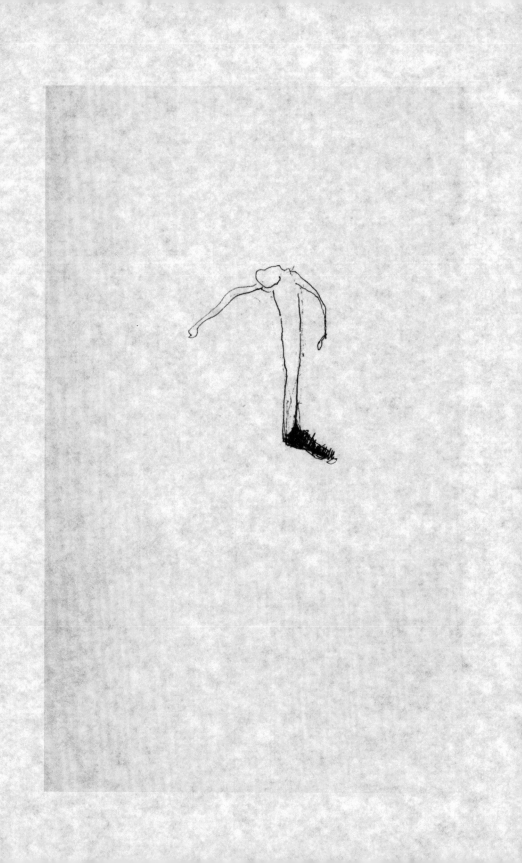

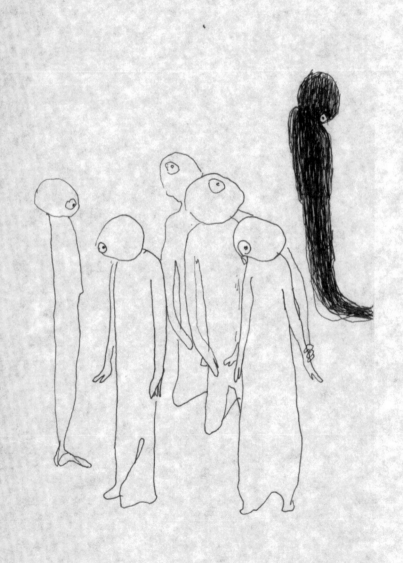

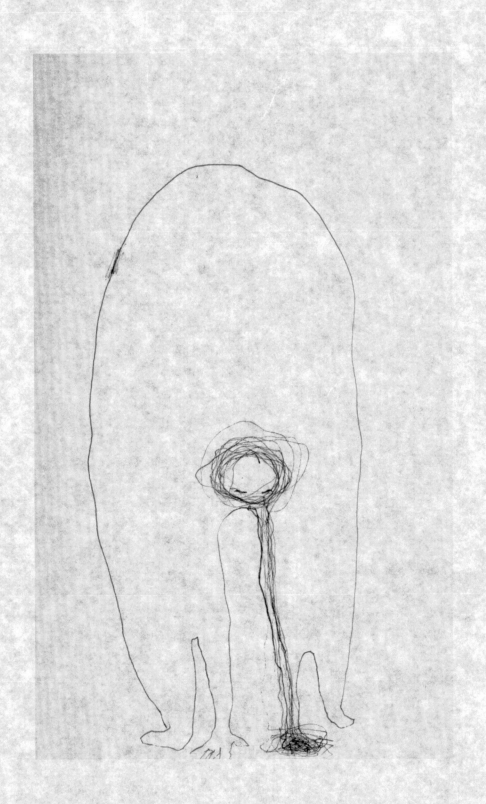

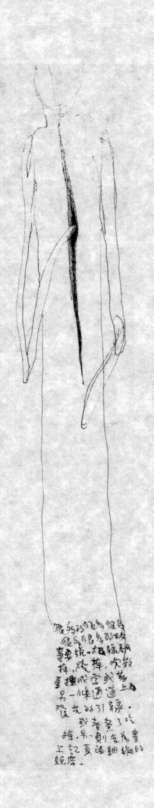

很多的很多很多
很久很久的故事
串在一起綠色的
掉 技落，吹散
重擺成字或著 上的
另一條通道
微光的引線，
或者煮了吃
梅，另一則在光書
上記頁的細細的
短墜。

我

我也坐著

在樓梯旁
倒數第四階

用食指姆指捏住
第三和第二階的
影子。
我叫它親愛的

不是很熟練但仍試著
把它撕開沒想到它
這麼脆
有好聽的碎裂聲

我説：
來，這些給你

你隱在前面的暗裡
手
伸了過來接住了然後也不說什麼的你把它夾晾在
黑暗的窗前哪來的細繩沿著樓梯的曲線直抵窗簷

起
初
影子因怕生而搖晃了一陣又打了幾個低音的嗝
然當月光沒入它共鳴的腹腔且投擲夢的前奏在
後方的地板上它就很順利地被掠過的翅膀收藏

刪節號

......剩下的都絕對
。
............壟斷性的美
。
...................接近世界的都已先行離席
。
.........貓的照片被沿輪廓剪下且飄落在地上
。
......................歌聲對著夕陽一遍遍流放
。
......30 度的天空悄悄挾帶了其他歌本
。
.........而我們苦無機會乘獨木舟上高速公路
。
...終於原諒了自己在睡著時偶爾流下的口水
。
............用綿線依序打 1000 個結
。
..................同時口念每個一一浮現的人影
。
....

在場證明

前幾天傍晚我下樓到對面買了一種乳黃皮的麵包
回來時我搭乘大樓深處迂迴的電梯
我只進去了一次。但我遇到
不同的人（我猜想是同層的房客）分別在電梯裡
憑空出現
又不見

在打開門以前那麵包已經
消失我不記得是我吃了它或者
在上升的過程中蒸發遺失然而
我唇齒間留著那乳黃的餘味且
不斷干擾在場的每一個人

巫

時而試著勾引一種可能的生活
可它不時流動

人們的耳語
身後舞畫的風

而此刻的我已極其疲倦
面對滿山的夏天只想沉睡
彷彿早已垂垂老朽

所有荒谷卻還迴盪著
流離已久的話語

風
在風中散盡

時間之眾象

一、

草原狂嘯無聲
深入
永恆的根

天空望著我以及
所有它釋放的角落

春天你寄來的球莖秋日下
已有了移徙的影

那些歎息都會變成雲
歌聲化為雨沫
看見就著濕氣　觸摸
似光
行走如風

我鋸開夜光的年輪
那裡有張嬰兒的臉，臉上
滿布齒痕

二、

在兩潭微沫的沼澤間
她終日找尋疏闊游牧的浮萍
其飄浮
乃收藏著一切深意

朝向世界
以淺薄無重的表面
既不沉陷
亦不飛升

黃昏的祈禱室

黃昏的祈禱室
空中的微塵
從未參與一場音樂會如眼前這般透澈
夕光這高絕的舞臺師
它玩弄每隻多感的水晶

在飽脹的虛空中豔黃的火在窗外終日燃燒
夜裡它暗斂地顫搖，黎明時分便已不可逼視
那金。

飽脹的虛空中那些游離的塵和光自我顯露
空間在淡光中漸漸霧散
循環著漫舞飄流和
寂靜降落

而這些形式美多麼令人眩惑

同時一種平靜緩行於心
如故鄉夏日
微溫的記憶草泥

對某週四午後的臆想

芹菜消失。它融化。
在光裡。在午後的水影流動中它輕輕搖晃不做他想。

薄翅的紫,有些白就幾乎顯得那麼天真,其他的綠則幾乎變成玻璃窗。連影子都曖昧著霧藍。

這幾近不可信但,有隻貓在葉的纖毛上漫步並且牠知道春天的名字。

牠穿過我時回頭看了看我:牠的目光走到了我腦後。

我們同時想起太陽下的黑色岩岸爬滿魚鱗狀的光。

我們也愛彼此的存在這麼短暫。

荒謬的同時性,幸福的狡黠占據。除此之外別無期待,雖仍禁不住有些徘徊追究原由不免是因這一片渾沌的恍惚令人不捨驟然離開。

花園裡的早上，春天過了一半

風過葉枝雨徑飄覆花雪

草濕鳥鳴日光緩緩睡

一種暈透微醺就要沉醒

顏色的量場靜靜敞開
氣味傳送多年前曾恍惚過的一朵雲
這些抽長和綻放所形成的沙質耳鳴

秩序和混亂存放中　再次流聚
另一些
混亂和秩序

許多時候我們站著不知仰臥
行走不知奔馳
許多時候
我們只冀求一眼
折射過的真實

溫度的訊息時而比光更加
令人暈眩因為它帶來時間
在黑暗裡的蛹動也引誘場
所中泛開的距離並導致交
錯交錯時微量的　雜訊共鳴

光觀

在似曾相識的洞穴裡
懷抱各自的心事醒來
沿小城石板留下記號
珍愛一本過期觀光指
南從反面多折痕的角
落開始回溯

路過的人指指天提示我雨快下了我舉起手中的擦子證實他瞄了一眼
地面那裡有來自天空的影子我裝作不知道

沒有絕對寂靜的等待和全然自由的解釋踩過的雲輾轉抽絲閉上眼就
聽不見聲音血自窗口漫流露水橫散四野它們來處不明如此接近愛。
愛。從來就未曾是想像中的那些啊如今才釋懷的混亂秩序不解

有人此時醒來在風中大聲朗讀並向暗處投以最後一瞥就消失影子與
空白相擁而眠我席地靜坐試圖想找回遺失的擦子是幸福在路上遺失
的擦子是記號夢裡的記號

小城

總算學會如何不在速度中感覺悲傷遠離
天空和地平線一扇窗打穿暮色裡對蹠的
引言日常的眼角一些虛線刪折龜裂糾結
經年累月石青色廣場上他的灰這麼這麼
藍總是他總是一邊指認一邊猜測日落前
有人將揭示這黃昏其實也對蹠著另一個
微明的臨海的清晨晨歸的魚群夢中擱淺
晨歸的船隊靜泊消散薄暮蜿蜒的小巷內
苔牆滲著水他出門尋找一個背影的背面
漩渦深處的時間時間虛構的軸線而恰好
此時我經過恰好我一無所托恰好可以半
透明地掠走一眼那背面它這樣倉皇這樣
接近光和影像無意撩起周遭斜斜偏離的
戰慄感竟完成一句再也再也不能墜落的
偶
然

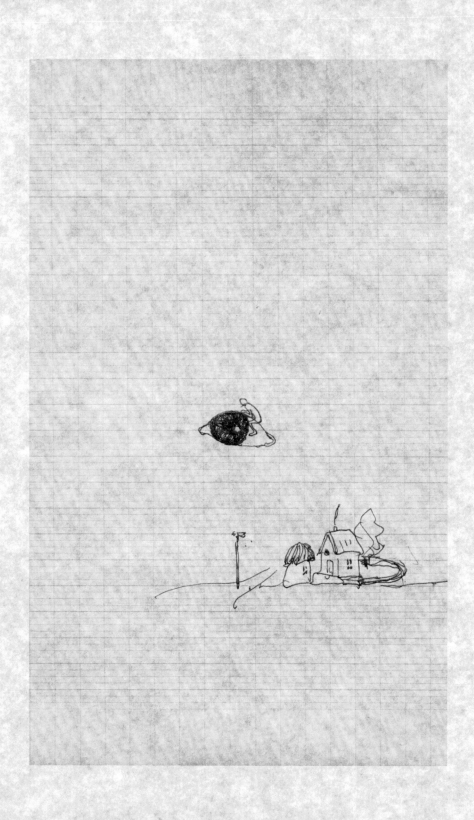

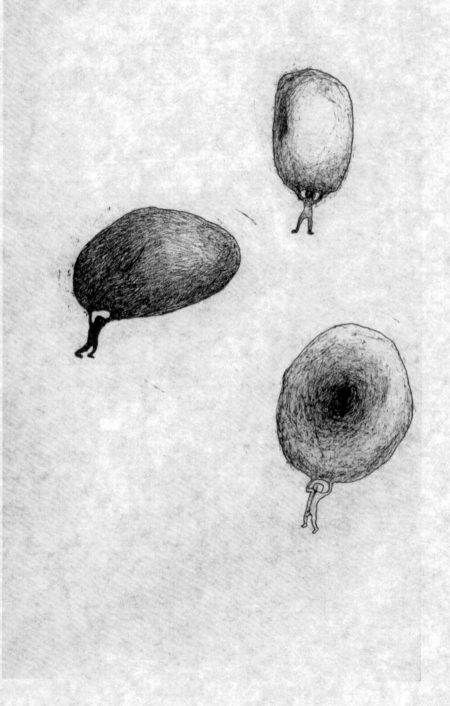

世紀初

在暈眩中幾乎就要飛起來
我把泥濘當作香料　因為
你看
空中的光塵已繞盪成漩渦

「因為末日的燃燒世界來了在虛空中飛舞」
有人曾用另一種手勢在
牆邊新鮮的裂開裡移動
時間的名字
那些
語言的傷口

如何才能在繁花盛開的沼澤中
甦醒
醒後，死亡更顯親暱與
誠摯──難近的觸知

慾望襲捲的剎那你想到什麼？
在野地裡

在野地裡
我要無言地狂奔

星辰

最後我們也接受了那些解釋
朝向謎
和無以名狀之物

像在宇宙中裸泳
默認與碰見

也許我們曾經執過手
一同等待
在火流星墜落
的時間裡進行
想像的廣漠與無垠

會不會
這麼多的侷限和悲傷
都是為了被釋放

這麼多的美如星辰滿布的夜空隨時
湧動恆常

如所有的記憶和早已遺忘的夢想
匿名成地底的影子
為了深埋的直覺與思想的尊嚴
他們共鳴

並執守整個黑夜的漫長

02 . 2001

故事之前

手紋捏碎黑夜
風
招來一絲天光
格子窗，石牆
遙遠的下個世紀的太陽
靜止不動的物體
靜止不動的
另一個空間裡的呼吸

原來我是儀式性地傾注
嚮往
種種破敗的秩序

童年時最愛的一種綠

藍天中
一道瘡口映著
黎明和草原的暗湧

故事的樣子

冷的光
黑的下陷和羅盤
我攤開一張舊紙
花一個下午凝視
漸漸地
它也明白
許多同它一樣斑駁的椅子
是如何收起
每個過客的意志

那些深淵般日常的姿勢引它開口：

記述故事的人開了
纖長的花。風很大的夜裡。
那也是一個冬天
一如從前
懷著日常的苦澀
然後有人在幾乎可以被
看見的風裡徐徐
整理他多年的衣紋
走得極慢但終究還是來了拿起筆
在紙上他輕輕添了一隻影子就著
自己的餘光

黑裡
一道白牆顯現

草樹搖動
遠方盛開的野花

霞光

就到此為止了
落日像槿花綻開

山河。河
山　戰爭
爭
戰

人潮　冰山

白浪裡隱約
時代在輾轉

蒼涼的年月
沒有人看雜耍

暴動埋伏寧靜
包覆初生的搖籃

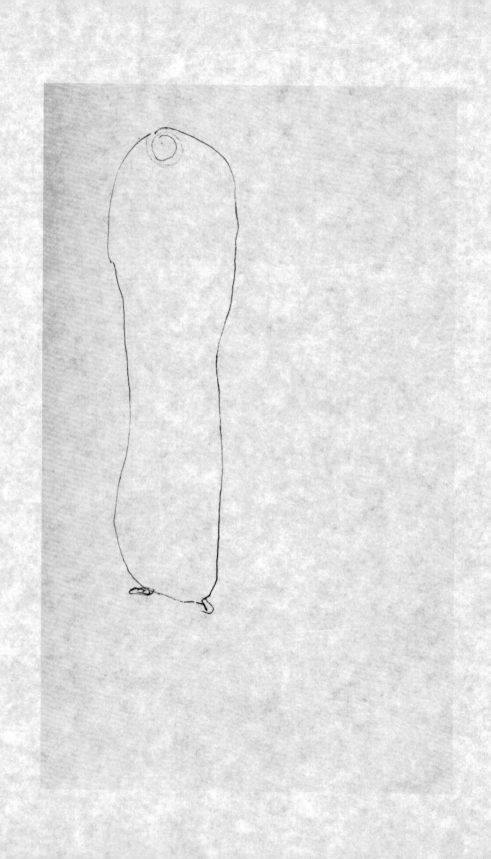

不動如物

不動如物。
再如何隱藏都
不為過

不動如火。
愚昧的人抱著手
吃自己的肉

地下道湧滿海水
路面喧囂

我聽不見
雲游走的聲音

我甚至聽不見哭泣
那巨大的寂靜的防風林

01 . 2001

別

穿過樹林
走下山崗
燈火輝煌中
我決定
返身走上坡
轉彎

再轉彎
去赴一個
千年的劇場

因雨造成的沉默有間歇性的奇異

他開始不耐煩起來了
為了雨
在房間裡，明天在窗臺邊
等雨停
外面是熱帶雨林

我等它黑
等它輕輕翻過身
等事件赴我
密藏的盟約

樓下的女人又在唱歌
廣場正被雨分解

我等窗臺塗滿蜜蠟
等一朵人造的
所有貓科動物
都會愛的花

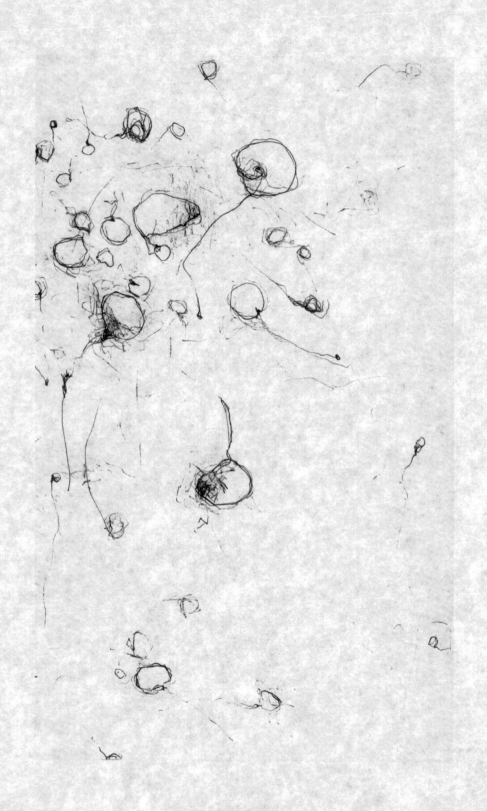

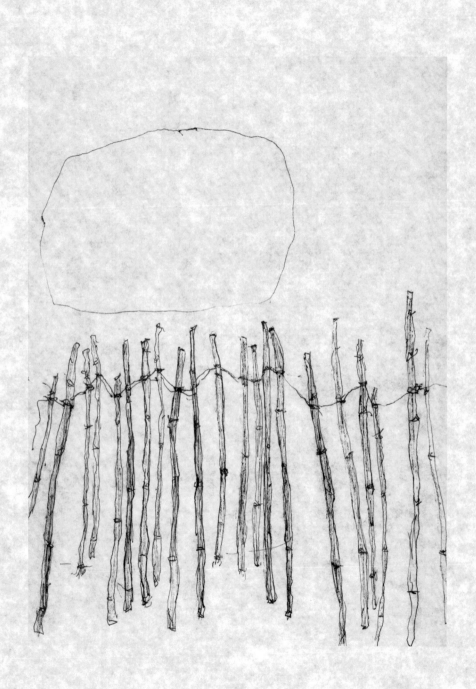

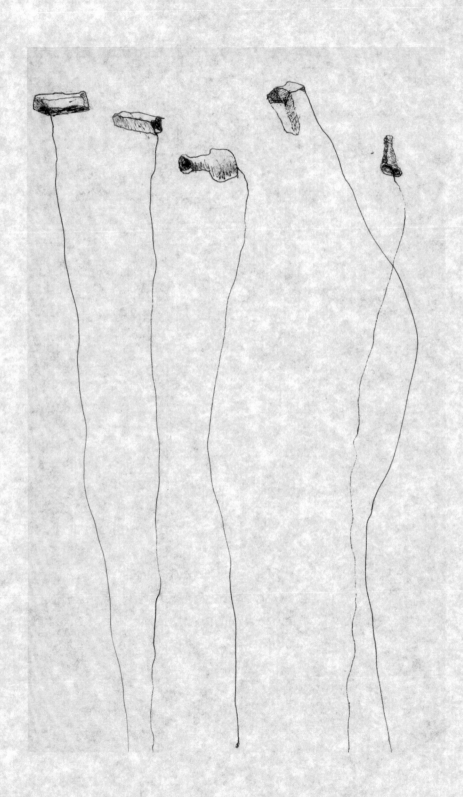

12 . 2000

外交術

今天早晨我們參觀語言中心
它完美排除了每一種偏僻的
語言語言中心的介紹員建議
我們在這裡作無數次的日常
對話演練就能夠輕鬆面對這
世界而對最後是否能達成向
一隻死掉的烏龜解釋藝術這種
無法分類的問題她說她不能
理解「況且，為甚麼是烏龜而不是龜殼？」
她追問了我這樣一個問題
我因不知如何敷衍而深感疲倦

隱身旅行

終其一生她尋找一個藏身的地方
粗暗的下水道曾被多次考慮
但在那裡她害怕遇見
她的心理醫生他有
強迫性對話的隱疾
而她不想成為打字機

在字詞中搜集理由
在最透光最靠近黎明最可能折損
的灰裡潛入海中並且裸睡
前方島嶼漂浮起來
露出底
無數椅腳構築的陵寢

回來以後她開始試著定期
做一些簡易的物化練習
發現這並不比忠貞容易　發現
在行動裡猶豫的美

因此她學習放縱對白的方向
而確實它們也曾經走得很遠
但抱怨為何終究無法起飛
莫可奈何，「我感到由衷的抱歉。」
她說。在某個深夜刺瞎自己雙眼

不知情的對白們最後決定改變心意
它們計劃來一趟地心之旅
「如果不能夠飛翔至少我們可以穿越。」

臨行前的祕密集會裡眾聲交雜
午夜時有句話語獨自
挺身而出
為了彰顯其命運它的盟友們以沉默
表明一致的贊同

不動聲色
將那話語暗殺
然後出發

虛心書寫

生理現象。以極緩慢的速度寫字。水龍頭滴著水。不看它心不安，看著它又讓我緊張。暗暗被攝著魂魄。

要如何活到能夠一整天摸著膩著一顆石頭感覺日頭在它身上切切低語的年紀？

時間錯綜交雜。除了黑夜與白天，無法指出其他細節以固定生命。偶而厭倦這樣的循環且連這樣的厭倦都是循環，倍增徒勞感。

相信愛　這種美好的人生理由有時也難免心虛。
手趕不上眼睛，眼睛不懂心。Coïncidence .

如何向自己解釋事物的本質奔向兩極。形而上的兩極，只好做形而上的反應，黃的雨水沾濕藍灰的紀念日。每個因由推到底處有核自動爆開。來不及阻止或捧在手裡就已消失。

11 . 2000

一種黯淡的光

影像和文字何者較接近證據？
存在或者逸出二者之外

吞嚥，走動，咀嚼，隔室的咳嗽
屋外的鐘聲
還有一種凝視穿過
每扇窗口

沿著清晨的邊我拉起那條線整個世界微微露出破綻

它等著我
以自身去填補空缺
那空缺命以我之名

良獄背

種一顆叫做毀滅的種籽，並且深知它的強壯。
它的芽是全部的美，展現不為人知的奇蹟。
王爾德說：我可以抵抗一切，除了誘惑。

夜裡它在所有角落的垃圾箱裡祕密謀劃暴動。

櫻桃優格

微微的酸並深紅的心臟
軟而精緻顯現肉與身影
香氣中輕輕晃著的那酸被
夏日的陽光餵滿，她善於
躲藏。掩蓋易融的內部充沛統一於
靈敏滿布絨毛的一種人們稱之為
維多利亞式的黃

註：法國知名乳製品品牌＂Danone＂出產的
櫻桃優格包裝上文字的直譯與詮釋。

Rue Raymond Poincaré 上空漫遊

「最終我飛了起來，」她說。「以近未來式，在 11 月的城市上空。」
「但終究抗拒不了那些教堂的尖塔和湛藍的桅杆……」

「於是我的掃把被黃昏的鐘聲隱形。」

屆時，烏鴉粗嘎的叫聲穿越林蔭。杏果深紫熟爛如夏天墜落。草木
叢生。樹葉全被光濾過，所有細微的脈絡頓時變得如此透明強大無
憂。

斜斜上攀的街因一棟荒廢的房子而害著病，那病痛已久令之痀僂並
在夜裡輕微咳嗽但終年仍可以在午後出去散步。幸福地吐痰。墓園
在街的頂端。

繼續葉子的事。它們當然不知道憂愁，也不曾察覺有人沉浸於對它
們的描述和抽象，且將因此形成儀式，吹響某種前奏，為了無用的
咒語和自溺的惡習。

當然也可以談貓，或門牌上和墓園中韻腳般不時閃現的綠鏽眼。但
這些臆想必將被它們淡漠地駁回。人們傳說貓瞳和鏽眼同樣虛無於
所謂的時間。

「但我仍極想窺現一些新的字眼……」在瞭望臺下班的夜裡，望遠
鏡以中年男子的家居坐姿臨著玻璃；一個女子跟著她的長髮穿過斑
馬線，一張紙條軟爛附住她的鞋跟……。「我想觸探它們的裸體，」
天將露白而全城的人們尚未醒來以前。「它們全然的坦蕩和躁動，
使陽光新鮮。」

「但我不排斥它們以夢的形式向我顯現。」

雖然它們更接近木心和年輪。

鐘聲響徹群鴉飛過的樹蔭，她的聲音飄散無所依憑，身體在暮色中
逐漸消隱。其內部被光篩過，所有細微盤錯的血肉，因而變得，如
此強大透明。

黎明夢裡的小孩

黎明夢裡的小孩。我的。但他看來如此易碎柔軟
以致於只要一不小心我就會把他弄傷。

我極珍愛的孩子，他那樣柔軟透澈，一下縮小一下長大。所有的人都
看見他了，我卻想著如何才能將他藏匿。他有美麗的眼睛和手心。

然後我聽見有人在耳畔說話。天亮時分，風聲穿過窗隙。

那孩子坐在床沿對我笑，晃著雙腳。他左腳的鞋鬆了。我心裡有股衝
動知道馬上我將會走過去抱起他替他穿好……。但傾刻間他又變得極
小極小 ……。在開始消失前，他的側輪廓線被窗外漸起的淡光燃亮。

10 . 2000

向東十里

向東十里
再往南飛
任意擇一樹
梢降落
跳過最近
三戶人家的窗臺

來到一小廣場
找一段長滿苔
的石階

種一點祕密並
約好有一天
回來看它

夢裡夜鶯哭了，為了它心愛的王

黎明時分。一句古老的巨震化為無聲的語言
自草原上方傳來，那頭從遠處狂奔而來猝然倒下
的獸像所有生命的凝聚。只要與牠相對一眼，窮
極一生苦苦所追問的，瞬霎醒悟。

她知道那是牠的最後一眼。

牠用那一眼與她交談。她蒼老的生命裡從來
未有過世俗知識的追尋與累積。但那一刻如身
在靜謐的暴風中，她全部了然。

──牠即是智慧。

彷彿聲音都被那一瞬的凝視含住。在她面前
數百尺的坡上，青草拂過地面，拂過牠的臉，臉
上的神情及所有具體與抽象的細節，如此清晰，
她將永無法忘記。

那是怎樣的一種意義與實現難以敍説，
但她深知她正要開始去履行。

後記：記某日醒前一個清晰無比的夢。夢中自己身為老婦。
無論夢中與乍醒時，皆感被那無名的獸的凝視所震盪與洞穿。

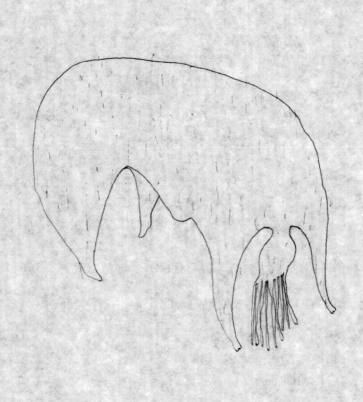

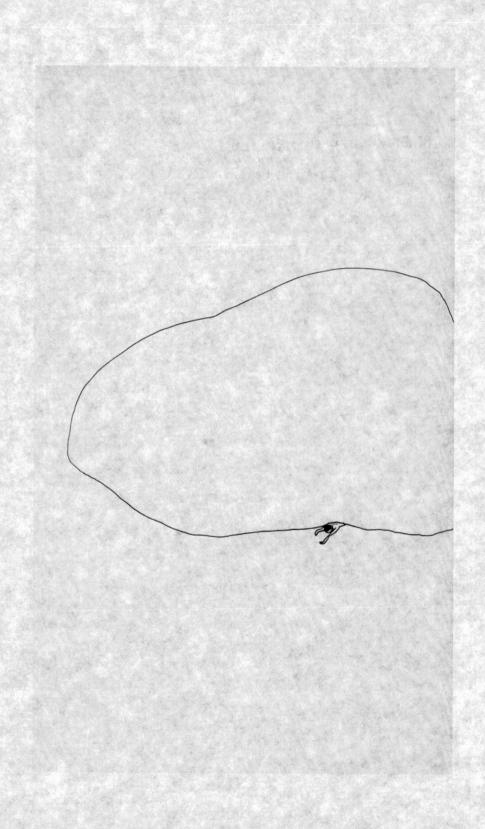

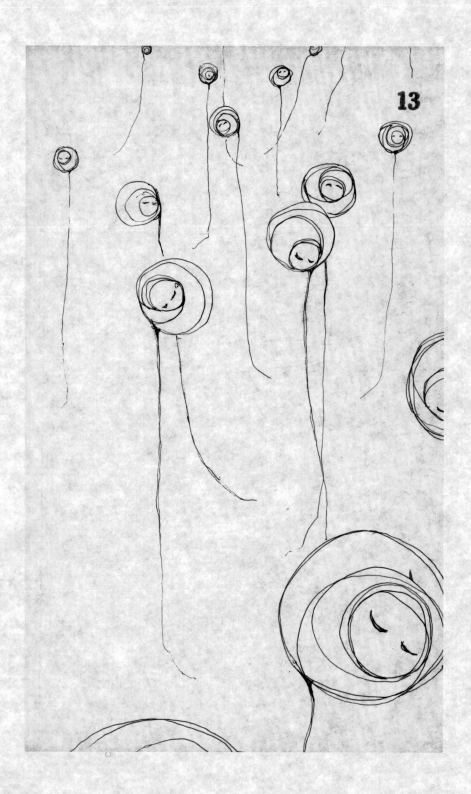

夜翅

承諾再美，也比不上眼前
夜鷺巨大的影，拍翅無聲

給予

被施咒的人注視著他所不了解的事物
說出：
我自願獻身。

四周是退隱在黑夜裡的風景
圍繞的火光
他自己
和那無名之物

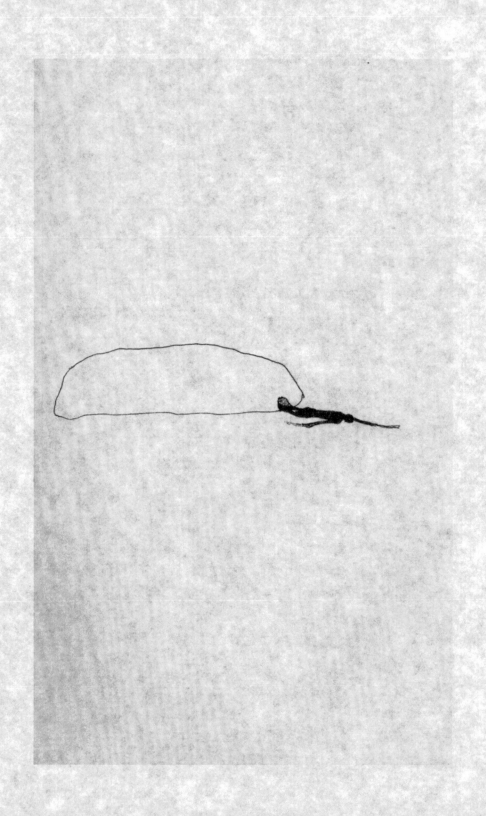

04 . 2002

現出

現出
你流血的青臉頰

黎明的柵欄
光
無邪披過草原

即將醒悟

接著
是漫長的遠旅
以及

死後的每一次呼吸

為生存的其他焦慮而感到一個侷促不安的世界

機場外下著細雨酒
更遠一些的車道上　　濕的蟻螻

極 慢地 跑

極 慢地 跑

在衣服上 寫字

咩咩叫
/
經過的經過的 經過 的正在 經過的
過去經過時間素描過磨 傷 的 紙 面 咬
住塵 埃 吸滿下午 過時的 光 纖 維 溢出
話語 和薰衣草交錯的微震 那 恍 惚 的
速 度 於 是 變 得 可 親
- ..
- \ - :
< <<
. / . ..
... . /
>
. .. -
- : -
- : - _ >. .>> > >
/ -
/ :
:
_ / -

- |
| ..
..

旋轉目馬

表面的事物線狀的事物環狀的事物往返的事
物旋轉的事物焦灼的事物私泌的事物的自粘
性的事物鏽　面的事物
定期充血的
下水道

事物
馬賽克
電路板
微熱

被揭開
被敲槌
被咬破
被填充
被外面外面外面外面部
麻痺
被漂浮被暴力被科幻　被
真實打落
被除以 3 ／ 4

CHE 2000

總投靠一種遙遠的憂鬱
總是清晨的觸鬚
那男人的眼神
革命的夢田

穿過眼神的孔洞我摘錄他的一生
以我的版本

雪茄煙霧繚繞
沿著他的嘴
牆上黑白的化學粒子燃燒

我來看他，下過雨的夜晚
他變成咖啡店裡迷人的風景
他的下方是一張
三隻腳的桌子
桌上盈滿潮濕的空氣

植物枝幹體溫思想
我想他不會在意雨

哨音響遍整座叢林
該要如何才能肯定他的形跡？

或許凝視是對他最沉默的詛咒
因為再也沒有人可以完成
這時代完美的過去

或許該就此離開
在行動中
把自己暴露出來

而哨音直逼我的身後
密林布滿四周

介於密談與自白

年少的隱喻在夢裡打掉了死胎
樹叢那頭
衰老的軀殼因日夜趕路而哮喘

在這條雜草叢生的小徑上尋找
一個叫做偶然的工具箱

那些音節間風化的肉在鄉愁中慢慢
湊聚成影子
你的衣褶在時間滲出的膠質下
一一浮現

但已記不清你說過的話和
話裡輾轉褪去的言色

學生時代你附在耳畔不時的低語曾經
勾引多少誤解與共鳴
如今

我再也找不到一個理想的物質形容你　我
再也找不到一枚迅疾的動詞足以追趕上
你　甚至我再無法標點出
任何屬於你細節上的意義

＿＿＿＿你太容易變老了

又太快恢復年輕

我唱歌催眠自己

夏天裡線條和它的影子

漏光的暗房裡我們討論
一整個偏黃的夏天

在一場雷陣雨下
城市被速寫

線狀，單色
速度暴躁均勻

夏天雨總是發青
路喧囂
季節風
港的味道
漫草

天晴的晚上
整城的魚骸被堆聚在港口
它們焚燒那些夜裡的出航

想起海，它們相擁
以刺骨的裸。

雨總是發青
夏天反對失眠
在講臺上它列舉其害

「但這比潛水活動有益於影子的分裂」

接著它發出深沉的鼾聲

【31.12. 鹿特丹】

意志在不斷重覆醒來的早晨聚集後吞滅自己

市集上人潮漸湧。很冬天的光和一種恍惚中的汽笛吹響。那應該是極北靠海的另一座城市。貪嚥過當時灑鹽的空氣，磨破的鞋面草草遺落上一個眷戀過的路標。醒來不過是另一種縱容。

對潮濕的敬意讓我將手一頁一頁翻開。裝著在等待中甚麼人即將來臨。撕開手心拋出就是一個永遠。

血在原地慌忙作夢。

來得及的叫愛，來不及的叫做恨。

陌生的持有

你要去的地方很遠嗎？
我只看到你不停地
畫著圈圈

雨下著
整座森林都濕了

"Garde-le avec toi"

在來的路上，你聽見了什麼
他們說，你的臉越髒眼睛越能
無邪地信仰
但若你手心的紋路不再
該如何拿來
和眾神的沉默交換

默認一種流亡的方式
像你的長髮一直長到死
像你歌聲裡流血的樣子

在下雪的晚上我們狂放地唱
在下雪地晚上我們
狂放地唱

在來的路上
人們逐日喪失的
嗅覺隨河水旋轉流逝
"Garde-le avec toi"

在下雪的深夜我們狂放地
唱

再多的音樂與狂歡也忘不了
打開窗迎來那一陣
集體的震盪

"Garde-le avec toi"

這麼多熟悉的臉龐
這麼多陌生的語言
這麼多陌生的相見
這麼多熟悉的告別

註："Garde-le avec toi"，法文，" 把它帶在你身上 " 或 " 帶著它 " 之意。

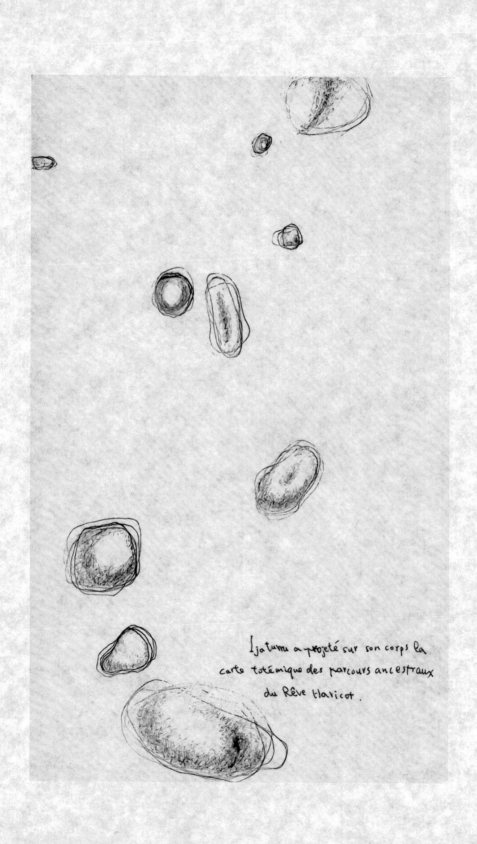

Ijatuwu a projeté sur son corps la
carte totémique des parcours ancestraux
du Rêve Haricot.

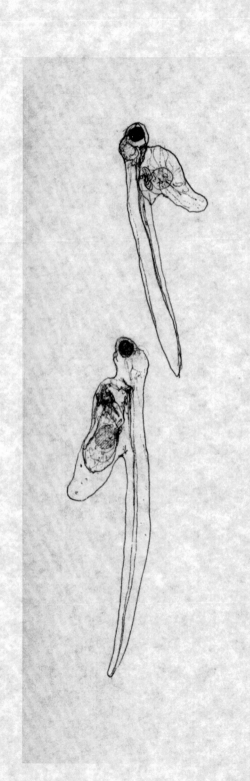

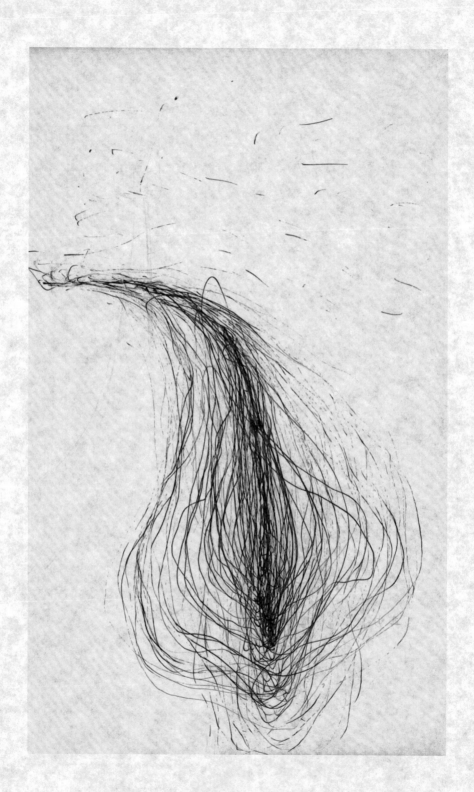

凹陷的地方

你在我心底凹陷的地方獨自說話

我揣想著。
那揣想的路線曲折而又負載著我
的浮日與黯夜。

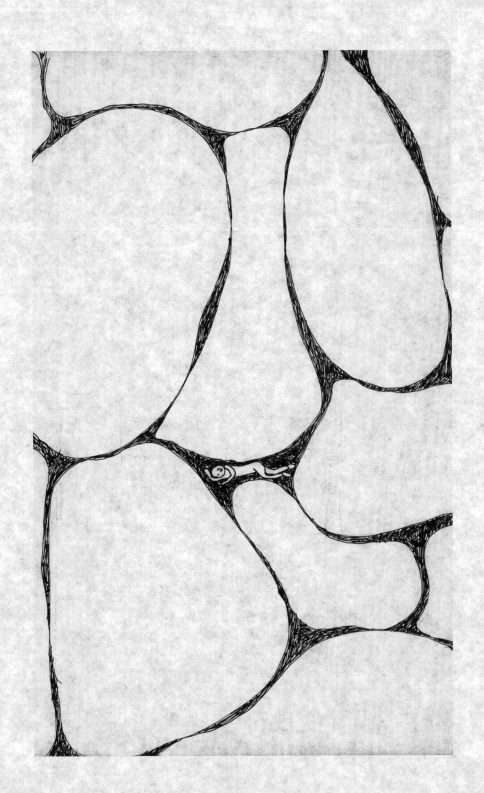

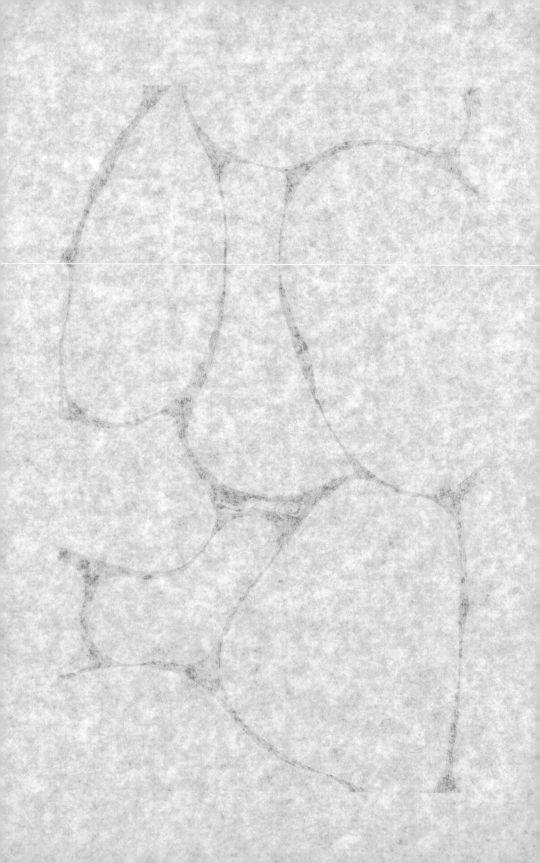

愛的人都離走了。

只當下，
他們曾用體溫彎曲過
的形狀。

愛的史前時期

一種生存方式
　實在

暖　硬

　生物性

大多數的時候我們聆聽
來自裂縫的聲音

NANOOK

像愛斯基摩人一樣地親吻

像愛斯基摩人一樣
為了明天的存在而

奔
跑

流
血

生
死

避
居

日
出

遊
戲　為
　　萬
　　物
　　命
　　名

一
心
一
意

像
愛

斯基摩人一樣　為了　冰雪的永恆　而　緊緊　相擁。

註：Robert Flaherty,1922, *Nanook of the north*, 79min, W/B, Canada. 被視為是最早的一部紀錄片。

墨藍　　　　　　　Bleu Ancré

在他臉上　　　　　Tout doucement
漸漸　　　　　　　La nuit suinte
淅出夜色　　　　　sur son visage

喔，沉默。　　　　Ô, le silence
喔，星光。　　　　Ô, la lumière d'étoile

潛行者

是哪一個世紀？
周遭燈火通明。

四處是監牢
冷，濕
和鐵柵欄

快，也許
還要更快
更快一點
快 ——

朝向沒有遠古的未來
背後滿是蝙蝠翅翼
泥濘　和　光
和
雨　和火車
倒影和沙漠裡的
穀倉
和死。

死和喘息。
人的毛髮在空中飄
假的淚水
濕潤眼側
多褶的白紋

迴廊。走道。氣窗。天井。
夢引我進退。
下降。
潛行。

一種路的幻覺引我繼續
這是
我對眼睛的懲罰
大水沖刷我的足踝
我們脆且柔韌
禁不起

一根火柴燃亮的
時間
散失的紙頁
遺跡。殘餘。
聖潔。輝煌。

錢幣
聖像
槍
日記
注射管

蜉蝣
蠟紙
水草
風。
一截袖口

周遭
燈火通明

水面下
的沉積層
引我潛行

傳說中的海
＿向 Beuys 獨白

俯身凝吸寂靜，曠室一角傳來你釋出的空氣。時代的背和皮。

若你在此，想必我們也不會因而更親近。現在是最溫馴也最暴烈的時刻了。人們自遙遠異地飛來此為了不時游走張看。我聞到生產時的漬味，隨列車窗影在高原啟程而掠逝。

像守候已久的風鼓動粗帆。耳膜漲滿潮浪湧起無語，最初的巨響落下，陡然將光吞滅。

它嘔吐出鹽。腳步走近又走遠，對談如疲憊的絃。橫穿而過的梁柱確實使你的毛毯緊密相接，它們自我旋轉，四周牆面微微傾斜，白漆蝕落地面。

海在內陸氾濫。

我早該遮去雙眼，不應貪戀；早該撕開其他知覺，它們一直透過產道呼吸。鋼琴含著偏離的詭祕，沉默咬住存在，音符附著深冬的巢穴；可它並不打算被彈奏。任何歌聲的催引皆無用。琴鍵靜候能量的聚集與崩解。

它期待一種包裹。火車鳴響自午后院落的橡樹中心駛過，覆著未融的雪，葉梢顫抖，日影爬上塔頂。冬夜降臨。

沼澤地和亞熱帶的雨，那獸發出悲鳴。牠往返踏出化石的步履駝

載這世紀最後一口鐘。而我還會記得，出發那一天的雲。

以你手中的物體，描摹死亡的指節，在夢之外將你固定下來。敲碎那些器皿和空殼為自己放血和緩久積的月色。它隨時準備破繭。

想交會過你錯身的時代和錯身時的你。有些動勢甚至不能溶解於油脂。當風吹過內陸的沙化成甲板上閃爍的浪花。

但它令空間和緯度因而更接近體溫，那些終究要告別身體的體溫透過無數的纖維接近它自己。

人們飛來此為了不時張看和停駐，為了在移動中將夢解離將身體固定，為了帶著生產時的漬味離境。

他們不想被扣留行李。

這一趟長遠的旅行。

所以 Beuys，我正確地誤解了你的問題。

時，光

正午時分

光的蛇胎

陳愴之味

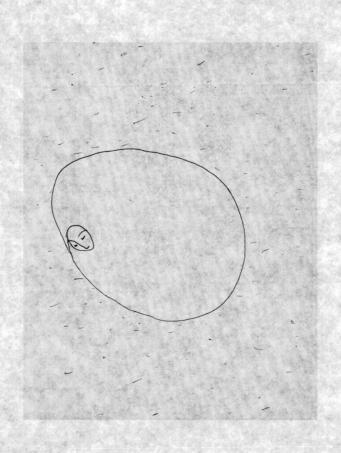

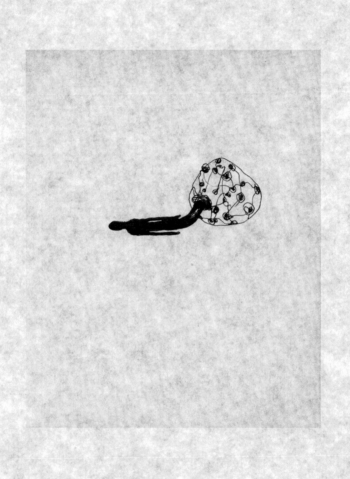

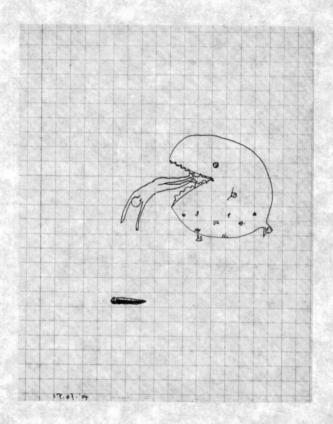

27.07.'04

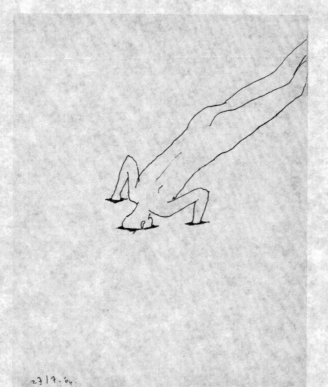

27/7.04.

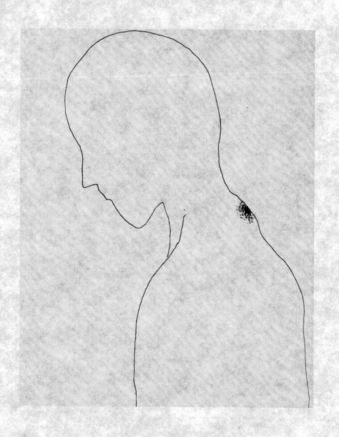

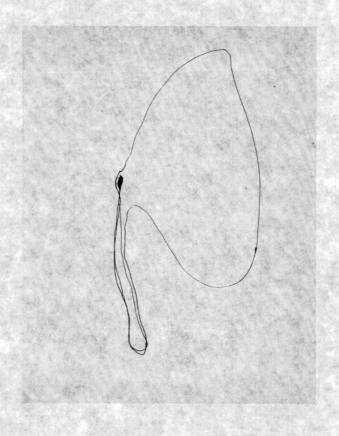

它者的視網膜

1937 年
愛德嘉用他的名字寫了一本書
昆蟲及動物們可能的世界觀
一顆石頭所夢見的花園
諸如種種
對它者的熱情與獵奇

「動物們不能客觀地編造世界
因此牠們無法成為世界的中心。」
所有的事物皆是功能性的
而非象徵性的
亦非觀念性的
不須更加細微地敏感於種種個體
主觀的判斷
一隻母鹿
從不向牠的女伴敘述
牠白日裡的性幻想
牠不發表小說
不辦科學研討會
甚至不思考現成物的重量

歷史性的，
階層的，
海膽的，
以及水母之舞。

牠們是
死亡那一邊的盟友
被自身的動力系統捕捉
而我們製造武器自決
倖餘的人們
將以 35 種語言傳遞
一冊貧窮時代
衰沒的詩集

電話響起，木樓漸漸蝕蛀

那一天
野草從他體內長出

一個不斷旅行的
年老的男人
他的嗎啡
他的戰爭

草根飲下他內部所有日光
星期天大雪
雪霜住木樓
暫停它在時間裡的蒸發
暴露出
臉龐靠近時
早年的
暗影

他曾經失去的那些愛
纖維極長

像激烈閃爍過的光
讓事件裡的每個人
都想局部融解消化

蝣魂

那已死亡的人在我們面前
抬起我們
引我們
點燃一根菸

路旁那棵蒼老的栗樹
新芽滿枝

春天的夜晚是充滿
遊魂的時光
它們在相互接錯的瞬間所引起的寒顫
常常使我感到血液的溫暖
流竄

春天的遊魂是布滿
流光的夜晚

總是有些風
正在勾勒
或者搖動
夜色裡街道
那麼遼闊

大樓裡的齟齬
電梯裡的屏息
門牌紛紛鬆落
燈下啃食冷肉的男女

那已死亡的人在我們面前
引示我們
替我們的軀體薰香

列車上的信徒

一列被等待的風景，
繫在白日漫長的尾部，淌著顏色，粒子，漸漸粗暗。

…………

小的時候我相信
有一天每個人都終將會
在不知名的時刻裡，或者
某個下午陰涼的
走廊轉角，被一把無名的火
瞬間焚盡

長大後我猜想
那應當是
時間裡的芒刺
沉默地，唐突地
帶著對世界巨大的熱情
刺穿了虛無
在頃刻間自我彰顯
與榮耀……

……　………

座位上，他們互相陳述對方殘舊的往事。
紛紛以各種方式消失。窗外的樹看起來還
是綠的，枝幹早已焦黑多時。

突然之間，車速
慢了下來，另一軌上的幽靈們
不得不
向後急逝

暗及

一首歌
用心唱

海市蜃樓中
那條溪裡的石頭

....

他在漫長的甬道裡盡力看清這城的黑夜,並沒有發現自己的盲眼。

....

是葉落,花開。時光
在風裡凋零
是消失中的風箏
因季節而脆裂

一些牆面,和
一些定格

....

每當
日影拉長至地下室門沿

那一刻
他的隱疾就悄悄發作

閱讀

桌腳椅腳椅腳椅腳桌腳椅腳
以及赤裸的略微彎曲的
他的光腳

下午六點半，
光在他側臉上留下註記

「細鹽撒遍
山丘上的葡萄藤。」

一轉，
移閃

把文字
一把扔進，它們
所無法到達的深谷

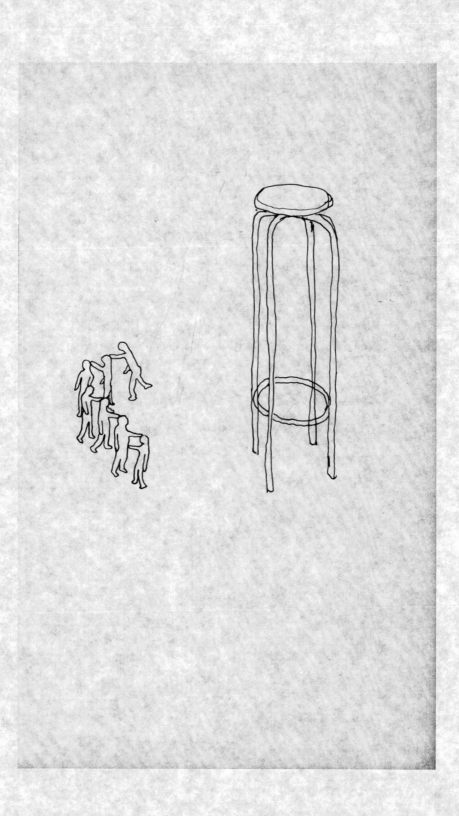

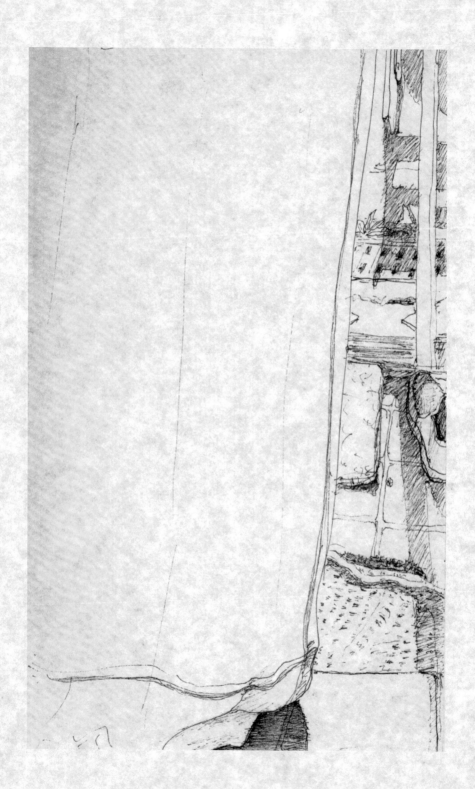

南方

陽臺上的衣物顯得極度乾爽

穿過空氣
我猜測

有人正在
啃咬一隻桃子

唯恐映顯的中的
　　世界
並非

是塵埃自身
是光的瞞騙。

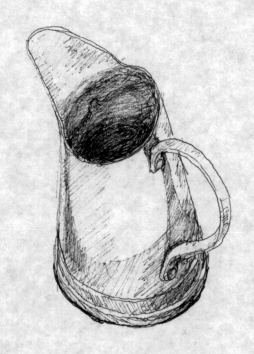

16.09.'04

止水

唯恐顫映中的
並非世界

是塵埃自身

是光的蹣跚。

車窗

人群被掃蕩成雨形

雨暈飛聚出
人影

人們如雨落下
如雨蒸發

多年後，那黃淡漠如漬

（黃色的煙灰缸）
他聽見了。

他說：
給我那個煙灰缸

她遞給了他，
把黃色忘在茶几上

行動主義

厭言
語膩

謊言滋養大地
我們無盡地搖晃
想要抖落身上一些塵衣

懷著一面窗的光

懷著水沸騰後的餘響

黯氳

焦土，荒年
遠方的炸彈
全城二樓的光和窗。

當天真正暗下來的時候

當天，真正暗下來的時候
從水槽裡解凍的魚塊
嗅出早年，嘴裡
失蹤的靈魂

只好熄燈，坐看那黑
慢速，旋轉，釋出……

身後光影變成野馬
氣味匍匐，
如雪地上的葬儀隊
亡者在炊煙裡
來回奔馳

凍原，苔色，
這裡沒有冬天，春天
也從未來

口耳相織。
人們開始在神話中書寫：
是她。以炭灰塗臉
偷走了先人的飢餓

她。依舊傾聽經過耳畔種種
最微弱的呼吸，終年
搜尋那些被親人遙喚的名字
使她的身形虛透，意識
夢遊於高原廣大漆黑

於是她看起來像是睡著了
但是死亡在其腹部
日漸隆起

當一切
真正暗下來的時候。

草原中
她讓它攀坐上
一張漆面鮮豔的椅

椅上，吸滿
暗釦和短釘。

12 . 2003 - 10 . 2004

這些都不是鄉愁

那個吃自己頭髮的人沿著頭髮長夢
夢中的髮梢接著漫草
滿山

遍野叢生

他的長髮
長過長城

通身

正在那心中鳴響的
應蕩著周身震顫
朝數不盡的極微光點
擴散去

世界
乃我不均之倒影

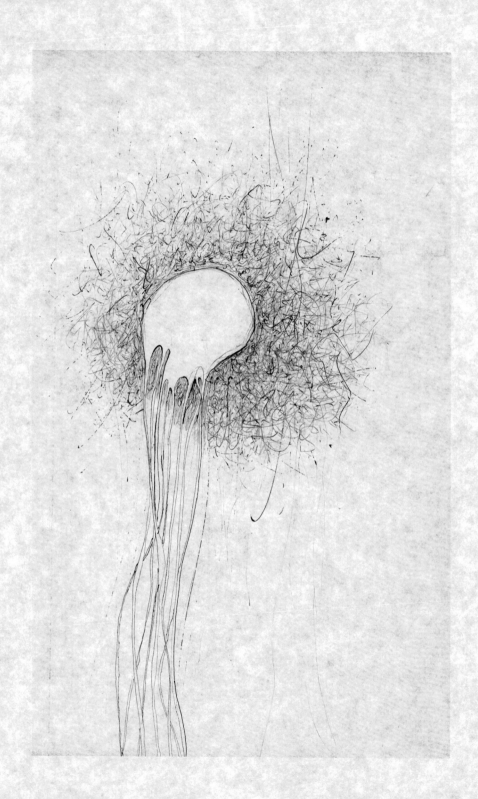

地中海涯
Bordure de Méditerranée

當風經過了整片松樹林上方
Tandis que le vent passe par dessus les pins

海潮正結束它們長遠的流浪
Les vagues finissent leur vagabondage lointain

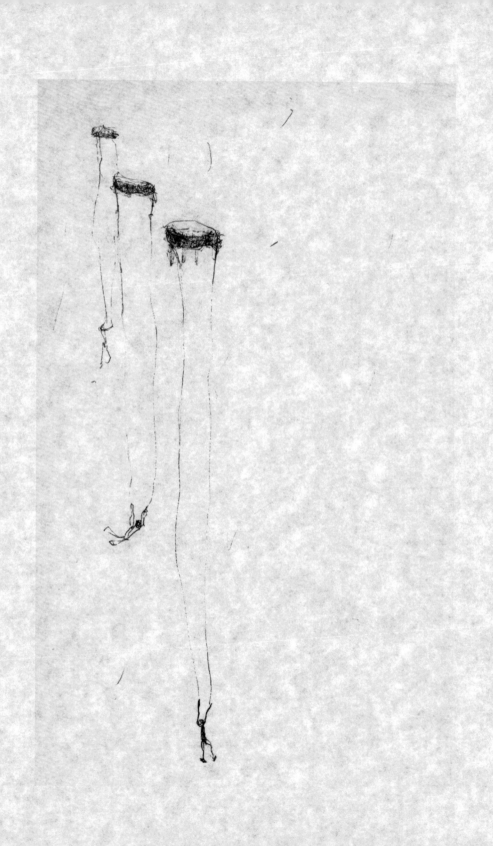

後記
記《陌生的持有》

有好幾年間，在歐陸法國境內學習藝術並進行創作：台灣、法國東北／東南、巴黎、羅亞爾河流域前半部，以及間雜他地他城間的短暫移動。這段時間，筆記本中快速增生的文字和線性圖畫，像靜默滲出的樹液，有時作用於調節環境間的轉換，有的則與當時其他創作形式平行產生，或者作為一種自癒方式現身；有時，則為了探究因正在告別甚麼而在體內生出的，那些芒刺。

數年前出版的《潮　汐》自選集，收錄了一部分這個時期的詩文。但有更多的圖與詩，散落在略經整理的電腦檔案夾、網路上的發表，還有數本筆記本中。自兩、三年前，就不時想著要著手進行再次整理、出版，結果時間暴走，一晃眼已身處二〇一三年。在這中間似乎做了許多其他事，但真正重要的，其實也寥寥可數。

只有這些詩和圖，依然認分地等著我、看顧著我。

這些樹液如今經過了時間的蒸發，乾涸成結晶，化身小小種籽留在薄透的統一的紙頁上，等待適當的風土雨水，可以去滋養他人或自身。

我與它們像是共同搭乘過開向邊境的一部長途公車，車內的乘客們在日夜旅途行進間，逐漸熟悉了彼此的存在和身影。大路小徑相連，其中有些先行到站下車，而我卻始終尚未抵達目的地。

繼續留在車窗內的我，看著車上那些個曾被或重或輕地占據的空位，又轉頭望向車後漸行漸遠的乘客／旅客身影，不得不強烈感覺到一種親密的疏離、持有的陌生。

它們長得就像一個個謎，並也曾試著藉此向我揭開謎面。現在它們紛紛變成風景中移動的小黑點，留我繼續面對生命——這個超級巨謎，並且慢慢地發現：曾經我所獲得的種種可疑謎底，其實就是為了要我去找出，屬於現在的謎題。

范璇 於台北盆地

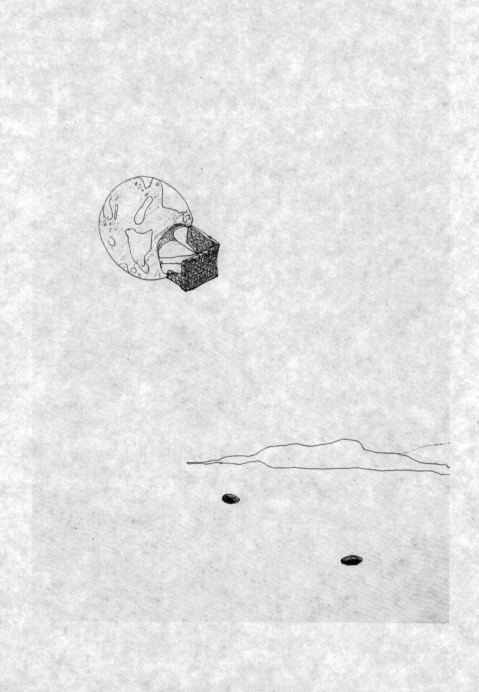

國家圖書館出版品預行編目資料

陌生的持有 / 蔡宛璇作‧初版‧新北市：小小書房出版；臺北市：
紅螞蟻圖書發行，2013.10　陌生的持有（小寫詩；2）
ISBN 978-986-87110-6-8（平裝）　　　851.486　102017012

小　寫　詩　02　|　陌生的持有

作　　　　者　|　蔡宛璇
繪　　　　圖　|　蔡宛璇

美　術　設　計　|　阿發　offmode.afra@gmail.com

文　字　校　對　|　蔡宛璇‧游任道

總　編　輯　|　劉虹風
編　　　　輯　|　游任道
出　　　　版　|　小小書房‧小寫出版　|　小小創意有限公司
負　責　人　|　劉虹風
　　　　　　　地　址：234 新北市永和區復興街 36 號
　　　　　　　T E L　：02 2923 1925
　　　　　　　F A X　：02 2923 1926
　　　　　　　http://blog.roodo.com/smallidea
　　　　　　　smallbooks.edit@gmail.com

經　銷　發　行　|　紅螞蟻圖書有限公司
　　　　　　　地　址：114 台北市內湖區舊宗路二段 121 巷 19 號
　　　　　　　T E L　：02 2795 3656
　　　　　　　F A X　：02 2795 4100
　　　　　　　http://www.e-redant.com/index.aspx
　　　　　　　red0511@ms51.hinet.net

印　　　　刷　|　崎威彩藝有限公司
　　　　　　　地　址：235 新北市中和區立德街 216 號 5 樓
　　　　　　　T E L　：02 2228 1026
　　　　　　　F A X　：02 2228 1017
　　　　　　　singing.art@msa.hinet.net

初　　　　版　|　2013 年 10 月
I　S　B　N　|　978-986-87110-6-8

售　價　新　台　幣　　330 元整